KB240027

삶의 한 모퉁이 돌아

삶의 한 모퉁이 돌아

글쓴이 / 하정열
펴낸이 / 孫貞順
펴낸곳 / 모아드림

1판1쇄 / 2007년 6월 25일
1판2쇄 / 2007년 10월 5일

서울 서대문구 북아현3동 1-1278
전화 / 365-8111~2
팩시밀리 / 365-8110
E-mail / morebook@morebook.co.kr
http://www.morebook.co.kr
등록번호 / 제2-2264호(1996.10.24)

ⓒ하정열
ISBN 978-89-5664-105-8 (03810)

* 잘못된 책은 구입하신 서점에서 바꾸어 드립니다.
* 지은이와의 협의하에 인지를 붙이지 않습니다.

값 6,000원

삶의 한 모퉁이 돌아

하정열 시집

모아드림

　시집을 내는 일은 참 부끄러운 일이어요. 사랑하고, 그리워하고, 아파하고, 고뇌하고, 때로는 기뻐하던 감정들을 솔직하게 드러내놓는 일이다 보니 큰 용기를 필요로 합니다.

　특히 지천명知天命의 이 나이에도 그리워하고 아파하며 가슴속 깊이 묻어 놓은 사랑을 고백하는 일이나, 이 아름다운 자연을 시어로 다 표현하지 못하는 턱없이 부족한 재능, 그리고 삶의 길 한가운데 서서 아직도 고뇌하고 번뇌하는 나약한 모습을 들추어내는 일이기에 오랫동안 망설여왔지만, 이제는 별 헤는 마음을 뒤로 접고, 밀려오는 또 다른 아픔과 번뇌를 위한 자리를 만들어 주기 위해 그들을 풀어 주어야 할 때인가 봅니다.

　살다보면 자아自我를 찾지 못해 뒤척이는 밤도 많지만, 사랑 그리워 앓아보는 것도 삶이며, 새소리, 물소리, 자연의 속삭임에 때론 가던 길도 되돌아서는 것이 인생길이 아닐까요.

　아름다운 금수강산과 찬란한 노을을 지고 이 고요한 전원에서 머물다 갈 수 있으니 얼마나 행복하며, 사랑하는 조국의 부름에 이렇게 위국헌신爲國獻身할 수 있으니 얼마나 보람을 느끼는지 모릅니다.

　사랑, 아픔과 그리움, 고민과 번뇌, 행복과 보람의 순수한 감정들을 한 권으로 묶어 뒤뚱거리는 돛단배에 태워 먼 길 보내려 합니다.

2007년 여름　하정열

■目次

2부
삶의 설레임 안고

3부
자연 속 인생길

4부
삶의 한 가운데 서서

5부
조국의 푸른 아침

1부
사랑과 그리움

인연

밤새 내린 사랑의 비는
모든 생명을 잉태시키고
안개처럼 작은 물방울로
스며든 당신

맑은 바람으로 차 한 잔 건네며
나의 가슴에 날아온 이여
하얀 치마 펼치며 꿈결처럼
둥근달 되어 다가선 이여

말 한마디 없이
손짓 한 번으로 가 닿을 곳
내 마음의 텃밭에 몰래 모종한 그대

사랑은 저마다 향기를 지니고 피듯이
그대와 내가 하나일 수 있다면
꼭 한번 그대에게 닿을 수 있다면

가슴 처마 끝에
풍경을 달고 기다리려 하네
온몸으로 당신을 사랑하라는 뜻이기에

샛별 같은 정

아름다운 선과 빛을 남기는
순간의 비적
고즈넉한 꿈

아침햇살처럼 곱다 못해
눈이 시린
날마다 별을 쏟아내는
화사하고 빛나는 당신

사랑은 서로 마주보는 것이 아니라
서로 같은 방향을 바라본다기에
당신과 호흡을 함께 하며
북극성을 우러러봅니다

매일 밤 바라보며
그리움을 달래던 가슴속으로
스미어드는 하늘 끝
저 별 되어
우린 더욱 빛날 것입니다

덜어낼수록 다시 차오르는
사랑처럼 그리움처럼

사모하는 마음

사랑은 염치없이 이 나이에도 자라나
그대를 바라보고 사는
한 그루의 작은 나무

선율을 타고 울려나오는
간절한 사랑의 노래로
내 설레임의 깊이를
다 보여주고 싶어라

그대 마음과 떨어져선 안 될
나의 그리움
민들레 홀씨처럼 바람에 날려
그대 마음에 꽃으로 피고 싶어라

항상 곁에 있어도 보고픈 당신
그대 등 뒤에서
웃어도 보고 울어도 보며
사랑을 키우려 하네

내 사랑 영원히 그대를 향하리
그대 손짓 하나에도 물결치는
호수가 되는 가슴을 안고

홀로 사랑

난 혼자 그리워라
내 마음 자락 깊이 스민 이 내음이
그대 있는 곳에 이르도록
온밤 지새며 아프도록 그리워하네

끝내 잠 못 드는 마음
속으로 깊게 타는 그리움 안고
울음으로 달래는 두견새
바라만 보는 사랑은
안개 되어 산을 껴안네

이렇게 지켜만 보아도
심장이 터질 것 같은데
사랑을 앓는 가슴으로
바람결에도 그대의
슬픈 멜로디를 듣는 나

영혼 속까지 스며드는 그리움
그대는 모르리
이 아픈 내 마음을

고백

풀빛 막연한 설레임
그 푸른 떨림
그대 만난 날에 시작된 열화
가슴속 불씨까지 타오르게 하네요

눈부시도록 아름다운
그대 향해 흐르는 마음
한순간도 사랑 아닌 것이 없어라

놀란 슬픔은 새 희망으로 터지고
못 견디게 당신이 좋아
잠 못 이루는 이 깊은 인연

더없는 행복에 잠기어
당신을 사랑하며
우리 영원히 잊지 않도록
내 별에서 머언 우리 별에로
당신의 마음을 물어 날으리

그대의 별이 우리 가슴에
영원한 꿈이 되도록

이별

제자리로 돌아올 수 없는
길을 가는 강물처럼
속으로 속으로만 긴 울음 남기고
스러지는 아침이슬

하늘도 슬픈 듯
얼굴을 가리우고
시절을 마감한 잎새
빈들에 서 있는 우리

이별은 사랑보다
쉽게 택해지는 꽃일지 모르지만
아직도 설레는 가슴 남았거든
서로를 부를 숨결 남아 있다면
그대와 나는 어디서 다시 만나
못다 이룬 사랑을 나누랴

꿈으로 와서
아픔을 남겨 놓고 가는 사람아

기다림

그대 오는 길
발돋움으로 건너다 보면
돌아보는 시간은 멈추어 서고
태초의 약속 따라
또 한 번의 저무는 밤을
어둠 속에 지우지만
사랑하기 전에 배운 기다림도
지치면 서러움이 되네요

사랑도 때로는 쉬어야 한다지만
이룰 수 없는 사랑은
세상을 다시 보게 하네요

그대를 잊기 위해
추억의 가슴에 시림을 담고
떨어진 은행잎에
곱디 고운 마음 얹어볼래요

기다림이 아픔이 된다 해도

오늘밤도 당신만을 꿈꿀 거예요
인연이란 기억에서
추억으로 자리하는 것이라기에

꿈인 듯 눈물인 듯

내 눈물 감추어 줄
보슬비조차 내리지 않는 이 밤
만남과 헤어짐 사이를 흐르는 여울목
순간 속에 살아도
영원한 삶의 궤도를 윤회하는
꿈인 듯 기다림인 듯 눈물인 듯

하늘마저 호수에 잠겨 푸르른데
가슴이 멍울지도록 그리운 그대
사모에 겨운 가을 바람 타고
실루엣으로 다가와
외로움 이은 그리움
다 가리지 못한 기억
물망초 한 아름 안겨주고 떠난 그대

긴 기다림을 먹고 자라는 사랑은
차마 흐르지 못하는 눈물 되어
빈 가로등만 적시우네

바람꽃 한 송이로 피어나도 좋으리
끝내 꺼지지 않는
가슴속 불씨 하나 품고
목숨을 다하여 사랑한 후엔

외로움

아무런 싹도 틔우지 못하는
애증의 봄
지는 것이 꽃이 아니다.

물빛 젖은 외로운 영혼
휘감아 도는 밤
외로움은 허기진 구름
사랑의 전설로 내리는 빗물
홀로이기엔 가슴 저미는 고독
허상이다.

머물 줄도 몰라
쉼 없이 파도치며 소리치며
고뇌의 밤을 억새풀처럼 흐느껴
잠들지 못한다.

울음은 아주 작은 마음의 창문
떠나지 못한 원앙새 되어
그대의 빈자리에 내려

사랑을 노래하리라.

바라도 바라도 그리운 임아
사모해 애린 가슴
이 밤 더디 새게 하소서!

꿈 먹던 날

티 없는 동심으로 떠오르는 너는
꿈 먹던 날 생각하지

맑음으로 밝음으로
하늘 우러러
모든 어둠 밝히고 싶었지

희망으로 정열로
그러다 살다 남은 아픔으로
기억의 갈피에 조약돌처럼 묻혀 있는

널 가리는 구름 되어
이곳에 서 있다마는
당신이라는 그리움
어디에 머물 줄도 몰라

세월의 마디 따라
시간의 파도에 씻기우면
해맑은 모습으로

다시 웃는 날도 있겠지

바람에 날리듯
나는 나대로 외로운 날개 접고
비상을 꿈꾸는 그리움에
여문 씨앗 뿌리려 하네

샘물 같은 그리움

당신이 떠난 자리가
이렇게 넓은 줄은 몰랐어요.

당신이 남긴 체온을 따라
이를 덮어 보려 하지만
마음속의 외로움까진 덮을 수가 없네요.

당신이 떠난 후 내 이리 아플 줄은
몰랐어요 정말 몰랐어요.

당신이 남긴 내음을 따라
헤매는 마음을 달래 보려 하지만
쉽지 않네요 정말 쉽지 않네요.

오늘부턴 창문을 꼬옥 닫고
그대 남긴 내음을
열린 마음으로 껴안으며
당신을 위해
언젠가 함께 그렸던 그날을 위해

견딜 수 없는 아픔을 이겨내며
두 손 모아 빌어 볼래요.

눈물이 강이 되고
아픈 세월이 샘물 같은
그리움으로 가리울 때까지

세월의 눈시울

사랑은 추억의 가슴에 시림을 담고
물들어 가는
안온의 속삭임

서로가 서로를
간직하고 있는 것을 안다면
세월의 눈시울에
그리움 하나쯤은
걸어 놓고 가야 한다.

언제나 함께이고 싶은 그대
닿을 수 없는 거리를 두고
저만치서 강물을 타고
흐르는 그리움

꿈꾸듯이 깊은 상념 속으로
마르지 않는 씨눈 하나
한 다발의 추억 되어
그리움의 모래성을 쌓는다.

만남과 헤어짐과 그리움이
계절이 오고 가듯
가벼울 수 있으랴만
접을 줄 아는 그리움이 있다면
이별인들 아름답지 않으랴

우정

그대 마음밭에 들어가
언저리 어느 곳에 머물 수 있다면
우리 인연의 끈을 다시 이어 보아요

그대 곁에 늘 머물 수만 있다면
그대 위해 감추어 둔 한 점 불씨
항상 타오를 수 있도록
우리 그렇게 우정을 나누어요

내 그대 영혼 근처에
드리워질 수 있다면
그대 꿈속에서
알알이 그리웠던 시간들을 펼쳐 보아요

가슴과 가슴을 넘나드는
그런 바람이 된다면
나의 외로움과 그리움
그대에게 싣고 가
한 송이 꽃으로 필래요

오늘도 내 마음 꺼내 놓고
창가에 앉아 기다릴래요

아름다운 추억

바람처럼 내 마음을
스쳐 지나가는 꿈
달려와 날 안고 몸부림치는 추억
마음속, 그 속으로 타는 그리움

그대를 그리워하면
그대는 바람으로 다가서고
사랑했던 시절의 아름다운 추억들은
그대가 남긴 언어로 메아리치네

내 마음 가 있는 그 곳
사진에 담아내는 시간 저편
내 가슴에 포개지는 당신

어쩌면 신의 눈빛과
마주할 수 있을지도 몰라
나에게 달려오는 발걸음조차
사랑인데
당신 곁 스쳐온 바람 향기만으로도
사랑은 넉넉한 것인데

축도

우리 인생을 담가도 좋을
빛 고운 햇살이 온 세상 그득합니다.

그대와 함께라면 더 좋을 나이지만
사랑은 봄을 기다릴 줄 안다기에
그대에게 줄 봄을 안고
내 영혼이 닿을 수 있는 존재의 끝에
작은 촛불 하나를 켜놓습니다.

우리의 슬픔과 외로움
모두 씻어내는 눈물로
내 안의 상처를 어루만지며
무언의 몸짓으로 기도하는
그대에게 향기로운 임이 되고자
진한 향기를 바람결에 실어
그대 곁에 보내오리다.

우리가 만일 바람 되어 다시 만나면
세상에서 가장 아름다운 설레임으로

아침을 맞이할 수 있다면
우리의 새날은 사랑과 희망으로
그득하리라는 소망 담아
지극히 고귀한 사랑을
한마음으로 바치오리다.

2부
삶의 설레임 안고

새벽 종소리

먼 산사의 풍경소리처럼
은은한 너의 부름은
천지를 뒤덮은 정적을 모아
안개조차 잠든 새벽을 깨우며
마음 끝 파도를 일으켜 세워
메마른 영혼에 물을 준다.

떨림으로 합장하여
참된 나를 불러내면
부끄럼 부끄럼으로 사죄하며
동트는 햇살 모아
온몸을 닦는다.
원죄를 씻는다.

계룡대의 안개 낀 새벽은
영혼의 종소리로 밝아온다.

아! 오늘 하루는
해맑은 미소로 시작하고 싶다.

별 헤는 밤

바람이 남긴 울음이
노을을 헤치며 물밀져 가고
어둠으로 깊어갈 때
달빛 고와 친구들을 모아 보면
하늘엔 하나 둘 우정이 돋아나네

바람에 매달려 일어서는
풀잎의 꿈으로 자신의 몸을 닦아
창공에 길을 내는 별
밤하늘에 쏟아지는 무수한 유성들
우리 귀를 스치며 삶을 노래하네

우리를 떠나야 하는 별들의 마음
그 하나가 내 사랑인 것을

달그림자

소리 없이 사라지는
저녁 빛에 잠겨
산은 조용히 속삭이고

하늘 깨워 내를 이루는
물빛 그림자 발자취 소리
하늘 깊숙이 흩어지고 나면

신비로운 침묵이 흐르는 시간 속에
해거름에 그림자로 잠겨오는
이름 없는 잎새의 바람이
구름의 다리를 넘어
비밀스레 강을 건너고

고운 달빛 은빛 신을 신고
밤을 함께 걸어가노라면
내 그림자 길을 잃어
민들레 깊은 잠을 깨우고
그 숨결 속을 헤매이네

접동새 우는 사연

깊은 겨울 야삼경
남 다 자는 밤도 깊어지면
가슴으로 우는 새가 있다

초이레 달빛 그림자에 앉아
뉘를 사모하는 애타는 설움 담아
온밤 지새워 그리움 부르면
메아리 헛되이 빈 골골을 되돌아
울음 끝에 걸린 슬픔으로
가슴속을 저민다

접동새 밤 새워 울고도
그래도 다 못 운 것은
아직도 그리움이 남아 있기 때문

이 긴 밤을 기다린다
나의 마지막 남은 숨결로

넋을 우는 두견새

인적 드문 산골에 땅거미 내리면
지나가던 구름 한 쌍도 숨을 죽이고
마음 한 끝 적시지 못한 여름밤은
저마다의 소리로 깊어만 갑니다.

달빛에 조용히 잦아들던 비
진저리치며 몸 뒤집는 새벽 강
푸른 잎마저 낙엽으로 떨어지는 밤

견디기에는 너무 큰 괴로움이기에
어디에도 담을 수 없는 그리움을
놓아주라고 풀어주라고

먼 곳 깊은 산 골골에서
목에 피가 맺히도록
넋을 우는 두견새

달빛 안개

홀로 앉은 가을 산
저녁 어스름에 쌓인 강물 소리
안개인 듯 바람인 듯
마을은 고요히 달빛에 졸고
세상 모든 것은 묵상 중이다

달빛도 기울어진 산마루
바람의 여울목에 자리를 잡아
앞 강물 뒷 강물 도란거리고
냇물 따라 흐르는 하늘
산 따라 가는 달빛

죽어서 세상을 열고
온 산을 둘러 피워
가슴에 닿는 너는
내 외로운 영혼을 전율케 하고

한 겹 두 겹 영겁으로 쌓여 가는
희미한 인생길 하나

해돋이

불빛이 어스름 산을 넘고
비로소 잠에서 깨어나는 세상
온통 파래질 것 같은 하늘
날빛 눈부셔 말이 없는데

찬란히 타오르는 구름
하루를 열고
나의 빈자리에
어느덧 빛으로 내려와
기다림이 있어 더욱 화려한
새벽을 여는 이여

산천은 초록을 물고
햇살 품에 눈 뜨면
어둠을 가르고
시린 새벽강을 넘으며
손짓하는 희망찬 하루

별빛 시린 이슬

퉁기면 울릴 듯한 가을 푸르름
한없이 투명한 슬픔들이 모인 하늘
귀뚜리 서럽게 울고 간 새벽
창문 드나드는 바람만 찬데

먼 별자리에 박혀 있는
새벽빛 와 닿으면
들국화 위에 살포시
손 내미는 물안개

별빛은 피어나는 작은 이슬 머금고
슬픔을 쏟아내는데
풀잎에 쌓여 있던 기억들이
이슬에 젖어 파르르 울고 있네요

눈부시도록 푸르른 희망 살아 있다면
별빛마저 숨죽이는 이슬이면 좋으리

가슴속 깊이 다진 사랑이여!

봄의 찬가

이름 모를 들풀들
산들바람에 간지럼 타고
연초록 잎새들이 물방울 터는 한낮
유리알처럼 나뭇잎 사이를
또르르 구르는 햇빛

길을 따라 오늘도 계절은 다시 오고
여울져 싱싱한 햇살의 내음에
들녘은 수채화로 몸단장 하네

아침에 눈 뜨면 들려오는 새소리
생명의 눈부신 언어들로
꽃망울 터뜨려
마음 가득 꽃밭을 만드네

아! 향기를 풀어
온 누리를 감싸는
오월의 설레임이여!

봄 비

당신은 더딘 걸음으로 다가와
기다림 속 연인의 마음처럼
메마른 대지를
풍요의 손길로 어루만지네요

황사로 뒤덮인 갈색 북악에도
당신은 미소 그득한 따스한 입김으로
비너스 같은 여릿한 순록의 물결을
살포시 수놓고 있네요

집 없는 서민들의 유난히 아픈 사연들이
아파트 문명의 소용돌이 속에
핏빛 진달래로 피어나나 봐요

비난과 음모로 어지럽던
서울의 한복판에도
자비의 당신은
밝은 빛으로 감싸 안고 오네요

떨리는 손 내밀어
축수를 모아 모아
그대 닿을 수 있는 곳에
동심으로 뿌려줄래요

도심 무지개의 그리움이 가실 때까지

초여름 밤의 꿈

냇물소리에 젖는 날
느린 걸음으로 다가오는 바람
햇살을 물어 나르는 새들
하염없는 시간을 등에 이고
산마루를 넘어가면

붉게 휘어져 저무는 냇가에
소리라는 소리는 죄다 모여
이루는 앙상블

밤꽃 향내에 취해
개구리 울음 자지러지면
고만고만한 들풀들
등촉처럼 피워
길 밝힌 뜻을 알리라

청풍의 속삭임

太初의 햇살은 눈부시다

고갱의 물감보다
늘 푸른 하늘엔
고추잠자리 제 터를 잡다.

추수를 앞둔
농부의 마음 되어
모감주나무엔
어느샌가
빠알간 四季가
주렁주렁 매달렸다

창틈으로 스쳐 지난
소음 이겨낸 매미의 교향곡
淸風의 속삭임 때문인가
홀로 서성이는 하루
깊어만 간다

아!
들국화처럼 수줍은 얼굴로
귀뚜린
五線紙 타고 오려나 보다.

가을밤

살아 있는 모든 것이
저마다 알맞는 색깔로
물들어 가면
순리로 깊어지며
들판으로 드러눕는 가을

단풍 한 그루 벌겋게 취해
하늘에 떠 있는
별의 높이를 알 수 없으면

풀벌레는 한밤 내내 울음피리 불어
홀로 지새워도 좋을 것 같은
맑고 고운
이 가을 밤

겨울 연가

모두 떠나고 없는 깊은 산골

서로 안고 서로 사랑하며
그리움은 눈꽃으로 내리네

눈꽃으로 소식 보낸 그대 마음
함박눈에 덮이는 건 이 내 마음
실바람 타고 흐르는 외로움
그 시절 하얀 눈 밟고 가네

아름답고 은밀한 추억이여
그대만의 고운 선율 타고와
내 안에 사랑의
눈꽃 향기로 피어 보세요

성에 낀 창에 써 보는
그대의 이름
겨울 밤 고요에 맺힌
고드름 되어 오세요

한겨울 산촌

쇠잔한 햇살 한줌마저 지고 난
한겨울 산촌
새악시 눈물 같은 달빛 내려와
잠들던 먼 산 깊은 풍경

알몸으로 서 있는 겨울나무
잊혀진 어제들의 그림자
겨울이야기 지고 있는 두메산골

늦겨울 매운 강바람 속에서도
매화의 향기를 품어내며
땅 어디에도 내려앉지 못하고
눈 뜨고 떨며 한없이 떠다니는
몇 송이 눈발
끝자락에 서 있는 아픔

머언 밤길 눈 맞으며
서성이는 내 삶은
외로운 그대의 그림자

첫눈

해마다 만나는 당신인데도
올핸 더욱 기다려지네요.

오신다는 기약도 없이
떠난 당신이지만
풍성한 향기로 세상 채워 가며
오실 땔 알고 있는
우리인지라

마음속 깊이 그려온
내 님과의 만남을 위해
월력의 한 칸을
아름다운 약속으로 비워놓고는
당신을 기다리네요.

유난히 불어난 도심의 흉물들을
사랑으로 덮어 주고
더욱 찌들은 도시민의 아픔도
동심으로 녹여 줄 거라 생각하기에

당신이 오는 날엔 일기장을 꺼낼래요.

석양에 취해 떨어진
계절의 끝 느티나무에서
까치도 울고 있네요!

四季의 아우성

진달래도 피고 진
화악산에 전쟁이 났다.

2004년 4월 27일

청록의 위장복으로
기세 좋게 전진하던
春兵의 무리가
하얀 갑옷 위엄으로 버티고 선
冬將軍 앞에서 주춤주춤한다.

8부 능선

치열한 공방전이 벌어진다
권위를 딛고 아량으로 품는 장군
전우애로 돌진하는 용사

고지가 바로 저긴데

봄의 돌격 명령으로
소리 없는 함성으로
戰線은
서서히 무너지고 있다.

설움으로 타는 잎새

풀벌레 영근 울음소리
저만치 밀려나면
노을 속에 설움으로 타는 잎새
얼굴 붉히며 돌아앉는 가을 산

바람은 세월을 안아서
들녘 저편으로 날려 보내고
노을빛에 멱감은 풀섶에
소리 없이 내려앉는 가을 정경

활활 타다 남은 너의 빛으로
들국화는 불사르며 피어
몸짓에 향기 머금고
키만큼 세상 보며

안으로 안으로 익어가는
석양의 고요보다
아름다운 노을 빛

노을 비낀 오솔길

푸른 산 한나절
강물 위에 떨어진 나뭇잎처럼
머뭇거림 없이 바람 따라 가고
빈손으로 쫓아오는 노루꼬리 해가
타는 노을 잡목 사이로 질라치면

하늘로 난 산길 따라
서글픔에 겨운
아련한 달빛 그림자 서성이며
밤으로 깊어 가는 시간

그대를 향하여
가슴으로 영혼으로
목 놓아 부르는 달맞이꽃

노을로 다가와 오솔길 따라
가버린 그대

그리운 눈물 속에 묻히네

무서리

달력을 찢을 때마다
떨어지는 시간들
영혼의 울음소리
안으로 안으로만 채찍질하며
돌고 도는 공허의 수레바퀴
꽃이 버린 계절의 끝자락

시퍼렇게 멍든 초겨울 하늘의 아픔
황량한 가지에 깃드는 바람 소리
슬픔이 배인 먼 추억을 들추면

해 저무는 산 그림자에
길은 하얗게 지워지고
내 마음 깊은 곳
얼어붙은 추억 사이로
끝없는 적막이 흐르네

대지의 뿌리

하늘, 바람, 구름
그리고 들꽃을 사랑했으나
소유한 적이 없는 너는
수수억년토록 나무를 키우고
강물을 열며
만물의 보금자리로 남아
높고 아름다운 대지의 뿌리로
우뚝 서 있다.

세상의 둥지인 너는
나무들 푸르른 숨소릴 안고
내 안에 강물 하나 풀어
찔레꽃 파릇한 잎눈을 틔우며
분주한 바람과 달빛이 어우러진
봄을 맞는다.

골 넘어 또 한 골짝에
뻐꾸기는 우는데
숨겨둔 애인처럼 수줍은 물안개는

알몸으로 울고 서 있는
애기나무를 안고
너의 자락에 아픔과 그리움을 담는다.

이렇게 흔들려 사는 세상
산이 되지 못한 것이 슬프다

잠든 세월

문을 열면 산, 산, 산
살포시 내려앉은
매화향기 피어나는
작은 마을 하나

부끄럽게 푸른 이월의 햇살이
뜻 모르게 창 밖에 걸려 넘어지면
꽁꽁 얼어버린 산골짝의 낮은
유난히도 서둘러 지고

계절 넘긴 낙엽 갈피마다 서성이는
한 줄기 바람 뒤를 따라 나서면
산 그림자도 외로워서
커지는 그리움을 가슴에 묻고
잠든 세월을 깨우며
마실을 온다네

여기는 얼음을 쪼던
접동새마저 곤히 잠든
아직도 긴 겨울 산마을

오수

그늘마저 증발해 버린 여름날
산마루에 걸터앉아 쉬어가는 듯
무상한 구름이 매달려 있고
일상의 소음들로부터 도망친
나른한 오후

투명한 바람이 기웃거리다
사라진 자리
초록색 풀물로 빗은 언덕
정적은 그 자리를
새들에게 물려주고

내 삶도 쫓지 못한 느린 발소리
많이도 날려 보낸 기억 속에서도
고스란히 거기 있는 어제

시간의 먼지로 쌓여 나이를 잊고
아득히 손 내밀어 상념을 애무하는
오수 속으로
조바심의 날들을 날려보내네

3부
자연 속 인생길

천지창조

구름은 속 깊은 눈짓으로
하늘을 수놓고
햇살은 수많은 잎새들의
다함없는 몸짓 모아
산수화를 그리다

대지의 넓은 가슴으로
고추잠자리
빨간 단풍 물어오면
외로움은 하늘 끝 땅 끝
맞닿는 곳으로 퍼져

가을바람에 나부끼는 함성

노란 들녘 농심에 가린 허수아비처럼
소명 다한 마음 비워
두 손 모아 창조주를 불러본다.

국화

세월의 눈시울이
가슴 갈피에
낙엽으로 쌓이는
가을밤

아련히 흐르는 달빛 사이
외로움으로 수줍게 피어나는
너의 향기는
밤 그늘의 품에 안겨
애달픈 듯 서러운 듯
우는 바람 비집고
떨고 있는 청순

밤새 설움 삭히던 그리움
새벽 빛 향기로 살아
순수에 닿고 싶은 열망의 몸짓
온누리 사랑 되어 퍼지네

달맞이꽃

낮익은 밤을 거쳐
또 다른 밤으로 이어질 때
풋풋한 하늘 위에 뜬 영혼을
이고 사는 외로움

내 연인 같은
새벽달 한 자락만 뿌려도
내 안에 그대 향기 남기려
달빛에 열리는 풀꽃 하나
당신과 나의 사랑
달맞이꽃

달빛처럼 등에 업고 걸었던 그대
저문 들길에 서서 기다리는 여인

코스모스

흠뻑 젖어든 그리움 짜내어
석류빛 도는 햇빛 맑은 날
시인의 이성과 감성의 피를 받아
피어난 가녀린 그대

바람결 보란 듯이 정답게 서서
풀빛 향기 머금은 몸짓

속삭이며 꽃잎은 피었다 지고
가을산 깊은 가슴을 쓸어내리며
쉴 새 없이 바람을 불러 춤을 추네

가을의 그림자를 껴안으며
따사한 햇살을 쏟아내는
청푸른 하늘의 설레임 안고

그대 머무는 곳을 향해
발돋움하며 긴 목 빼 바라보네

연꽃

떠돌다 지쳐 끝 간 데 모르는
하늬바람은 연못 위에
자잘한 물이랑을 새기고
맑은 하늘이 못 속에 내려와
속삭이듯 보듬는 햇살
생명보다 존엄한 삶의 속살에
내 영혼을 묻고 싶어라

꽃이란 떨어지면 생명의 끝
침묵하는 것도 깨달음이려니
스스로 몸을 가리며
자라는 서러운 꿈

나를 향해 한 송이로 피어
세상사 어두움을 향기 태워
꽃빛으로 밝혀도 좋으리

목련

당신의 여운을
한 아름 안고 부는 산들바람에
깨어나는 풋풋한 생명

남은 것 하나 없이
다 주어 버린
소녀는 못 견디게
서러운 몸짓을 하며
떨어지는 하얀 봄을 캐고

내 마음의 무늬 위에
피어나는 한 떨기 꽃
우리 순백의 향긋한 사랑
하늘을 두르고 소망을 건다

월광곡에 목을 축이며
소담스레 담아놓은
우리 추억 안고 가는
밤을 지새우는 그대여

진달래

먼 산 먼저 물들이고
온 세상 꽃비 몰고 오는 바람에
원색의 아픔을 내지르며
목 놓아 피는 울음
이슬비 한 자락에 선혈 품는 꽃

그 숨결 대지를 달구어
내 가슴도 뜨거워라
강바람과 꽃향기로
한 폭의 수채화로
피어난 사랑

검붉은 그대 마음 피고 진
자리마다
아름다운 영혼의 속삭임 깃들어
우리의 그리움은
가슴마다 피어나리

장미

강물로 넘치는 싱그러운 계절
7월을 흔드는 한낮의 풍경
꽃 속에 숨어 피는
사랑보다 더 뜨거운 황홀
설렘 가득 채운 연인의 교향곡

하늘 우러러 양 볼 붉히우고
파르르 떨면서 향기를 토해내는
내 마음의 숨결
그 아름다운 속살 여무는 향기 속에
그대 잠들어도 좋으리

만남의 불꽃으로 타오르는
인연에 취한
연인들의 가슴에
사랑의 불을 지피운다

이기자소나무

바람조차 기댈 수 없는
구름에 싸인 아득한 산마루에
바람 불면 부는 대로
눈 내리면 눈 맞으며
모진 겨울 우뚝 선 너

머리엔 하늘을 이고
가지는 분수를 아는
겸손과 넓은 시야로
너그럽게 이해하며
세파에 절로 굽어
둥지 튼 새들에게
제 살 제 뼈 다 내어주고
살아남은 자의 묵은 슬픔을
안으로 견디며
나이테로 간직한 너

숨결 따라 연한 세월 솔잎으로 흩날리며
태산이 울어도 한눈팔지 않고
저 육중한 우주의 무게를
바위에 뿌리내려 묵묵히 지고 갈 뿐이다.

겨울로 가는 갈잎

그들이 쌓아올린 형상들을
모래알처럼 분해하는
시간의 톱질

지나간 날들의
무상과 고독을 되새김질하는
존재의 무게와 시간의 맥박
뒤따라 온 햇살로 피로를 씻어
갈바람에 온몸을 맡긴다

망각의 강가에서 불어와
가슴의 잔뿌리를 흔드는 바람 스쳐
풀잎들의 몸부림 있을 때면
달빛으로 물들어 가는 신비스러움
하늘 한 쪽이 흔들리며 기울어지고
겨울로 가는 갈잎은 제풀에 지쳐
산자락에 눕누나

낙엽의 뒷모습

객차에 실려 오는 이 가을
어깨 위로 깃을 접어
낱장으로 떨어지는
갈색 그리운 너

힘겨워 가지를 떠나면서도
아름다운 생의 뒷모습
강물 저편으로 어제처럼 안기는데

고요한 숲 속 침묵의 경계를 걸으며
가려 하는 이 가을 아쉬워
서럽게 굴러가는 그리움으로
너를 훔치고 싶어요

겨울이 문 밖에서
당신을 서성이게 하나 보아요

마지막 잎새

해질녘 언덕에서
가을은 낙엽으로 스러져 가고
바람에 나부끼는 잎새 하나
시공을 잊고 사는 하늘을
고운 손으로 받들고 있다.

빛바랜 햇살이 감싸서일까
시베리안 소식에 젖어서일까
흐느적거리는 소음을 호흡하며
初冬의 문턱에서
서울역 노숙자의 아픔 되어
가느닿게 떨고만 있다.

아득한 그 옛날
입김으로 손을 녹이던 날
그날 그날이
이슬 빛 눈물로 다가와
光速으로 말해 오는
도심의 한가운데 서서

소명을 다한 너는
우주의 젖가슴을 향해
고운 손 내밀어 기도하고 있다.

아! 그대가 그립다!
비 내리는 이 초겨울

뭉게구름

내 삶의 무수한 영마루에
걸터앉아 쉬었다 가는
뭉게구름 한 조각

햇빛 달빛 별빛 가득 쓸어 담아

길섶 나무 깨어나는 꽃망울에는
투명하게 살 오른 햇살 뿌려주고

고통만큼 자라나는 사랑에는
희망과 위안의 달빛 되어 주고

외로움 길어 더 깊어지는 슬픈 밤에는
한 아름 빛나는 별빛 되어 주는
예쁘디예쁜 너의 모습

보졸레가 감칠맛 나는
사랑 그득한 식탁에
은쟁반 은수저를 곱게 차려
오늘밤
그대를 귀빈으로 초대합니다.

파문이는 호수

별똥별 드는 밤에는
달빛 온기를 덮어 가며
그리움으로 파문이는 호수
그대 기다리며 비워 둔
내 영혼마저 흔들립니다

만남의 불꽃으로 살아가는 그대는
타오르는 인연 안고
석양에 감전되어 파닥이는 물결
출렁이는 하늘에서
싱싱한 추억을 낚습니다

소금쟁이 딛고 간
물무늬 따라
여울지는 가슴
주름지는 추억

내 그리움 그대를 닮아
세월 휘감아 돌아오는

찰랑거리는 강물 소리를
부둥켜 안고 울고 있습니다

한 방울 울림으로 그대 가슴
열 수 있다면
봄비 되어 내리게 하소서

목여울 소리

젖빛 안개로 수놓은 들녘
풀잎과 풀잎 사이로 길을 만들어
어둠을 흔들며 불어오는 꽃샘바람
달빛을 신고 새벽으로 달린다

이끼 낀 돌 위로 물방울 굴리며
어둠이 은구슬로 부서지는 계곡

깊은 산 봄눈 녹아 흐르는
쪽빛 하늘을 울리는
목여울 소리 구름 따라
큰골 작은골을 맴돌고

안개는 아침햇살을 만나
어느새 몸을 섞어
역사의 수레를 적시며
말없이 흐르고 있을 뿐

눈물의 저녁강

검붉은 해를 마시며
노을 젖은 산자락 풀려진 물결
욕망을 부수는 물보라 같은
많은 곡절을 안고
하늘 이고 우뚝 선
산을 휘감아 돌며
너는 흐른다

바닥엔 청푸른 풀 그림자
외길 들바람의 풀벌레 소리에 젖어
목숨으로 빚는
눈물의 저녁강

인간의 고뇌를
사색으로 달래어서
영혼의 울림 따라
너는 흐른다

꽃잎 바람

푸른 웃음 잿빛 울음이
어우러진 이랑 사이로
한 움큼 건져 올린 하루를 지고
몰래 다가와 속살 간지럽히고
발자국 하나 없이
돌아서는 그대

앉았다 가는 자리마다
아리따운 들꽃을 남기고
길섶에서 시들어가는
이름 모를 풀잎까지도
품에 안는 그대

물결 따라 흔들리는
코스모스를 쓰다듬으며
가을 풍경 한 아름 안고
마음 가는 대로 노래하는
겨울을 밀쳐내는 그대 몸짓
꽃잎 바람!

감

구름 꽃이 피어나 높푸른 하늘
세월은 저만치서 가지마다
수군수군 모여드는
잘 익은 햇살을 뜨겁게 끌어안으며
제 맛 들어 익어가고

시월의 노을은
만물이 살 쪄 가는 소리를 들으며
어느덧 뜨락에서 혼자 익어서
황혼 빛 날갯짓으로
낡았지만 따뜻한 추억을 켜고

몸살나도록 붉은 감잎
새색시 홍조 빛으로
익어가는 가을
햇살을 갈라먹고
달빛으로 물든 그대

난

너와 나
마음 한 잎 띄워
차 한 잔 나누는
적막한 창가로
별들도 울면서
찾아오는 전원의 밤

인간사 숨결처럼
실뿌리들 깊어갈 때
넌 촛불인 양
내 앞을 밝히고
관념의 울타리를 넘어서며
서럽도록 향기를 내품어
청초한 시인의
그리움을 피워내누나

절제된 삶의 기쁨 안고
설록 향기로
너에게 다가서
살며시 기대고 싶어라

느티나무

너는 대지의 가슴팍에서 자라나
천년을 제 속으로 번뇌하며
무게 이룬 나이테

온갖 풍상을 상흔으로 새기며
세월을 씨줄 삼아 동네 이야길 엮어가는
연륜으로 쌓여
몸의 흔적으로 말하는 너

눈부신 새잎 틔워 달빛 부르고
고요히 평화를 내린
지극한 생명의 고백

너그러이 살라는
신의 언어를
한 줄기 바람으로
이야기하고 있다

4부
삶의 한 가운데 서서

삶의 편린

시월의 별빛처럼 맑고 쓸쓸한
풀벌레 소리도 저만큼 물러서는
먼먼 삶을 돌아선 방황의 끝머리
무서리가 절로 내리는 들에
홀로 핀 들국화 한 송이

삶의 가장자리를 겉돌고 있는 날들이
머물 수 없는 낯선 시간의 무늬처럼
도도한 달빛 타고 흐르고
살아온 시간만큼 깊이 파인 공간과
어른대는 유리 저편 풍경들이
조그만 빛으로 내 가슴에 남아 있네

삶이란 진솔하게 살아가는
멋진 예술
두 손 모아 기원하며
또 내일을 기다리네

영혼의 날갯소리

투명한 모세혈관으로 맑은 샘이 흐르면 지나온 세월이 생의 반란처럼 생의 욕구처럼 깜박거리고 파랗게 질려 있는 하늘, 사금파리처럼 깨어져 떨어지는 햇빛, 새털보다 가벼운 가난한 영혼, 한바탕 스치는 꿈, 파문처럼 일어나는 상념이 마음속을 누빈다. 어둠 속 잃어버린 것들 곁에 회전식 시간 속을 드나들던 영혼을 두고는 自我를 찾을 수 없어 저 푸르른 바람의 숨결 속에 앉힌 세상을 녹슬 겨를도 없이 自轉하는 혼의 불꽃으로 가슴에서 찍어낸 피로 한 올 한 올 써내려간 한 편의 삶의 시가 풍경을 울린다. 번쩍 눈을 떠 시리도록 푸른 하늘을 본다. 앗! 귀청을 따갑게 스치고 가는 영혼의 날갯소리! 애절한 삶의 소리!

번뇌

이 마음의 불씨 하나 끄지 못해 세상을 기웃거리는 밤도 불빛 속에 잠기면 삶과 죽음 사이에서 고뇌로 반짝이는 별들이 쏟아져 내리고 업보의 껍질을 벗는 아픔, 꼬리 무는 이 번잡, 넘치는 사념들의 세상, 격정과 정적이 회오리치는 時空, 손 잡히지 않는 實存, 하늘도 땅도 나를 따라 여기와 머무는 눈길, 풀리지 않는 팔만사천의 온갖 번뇌가 삶의 지독한 집착을 무심하게 흔드는 풍경소리를 따라 무한의 날개를 편다.

죽음도 아니고 삶도 아니면 처절할수록 깊어지는 인생인가?

가난한 존재는
생의 한 줄기 바람 앞에서
서성이며
새순을 돋우기 위해
몸부림쳐
열리지 않는 수많은 길에서
하루의 무게를 등에 지고
이리 깊은 밤을 헤매인다.

선禪

삶의 화두 하나 던져주고
사라지는 달빛 그림자
견고한 시간의 문을 깨뜨려
바람마저 숨을 죽인 밤
어둠 놓아 불을 켜던
삼경마저 잠드는데

영혼의 깊은 언저리마다
알알이 일어서는 눌러둔 번민

과거 속으로 나를 인도하는
깊이깊이 헤아리는 신의 미소
안으로 안으로 사위는 맥박 소리

삶의 무게 벗어던져
혜안의 눈을 뜨니
존재의 의미마저 가벼워져
하늘의 뜻 몰고 오는 솔바람
가슴을 감싸안네

깨달음

광활한 우주의 시공 넘어
내 마음의 일주문을 들어서니
뜬구름 같은 부질없는 번뇌
삶의 모서리에 마음을 다지며
그 껍질을 벗고 나면
존재의 법칙도 자유로운 것
인고의 아픔을 털며
죽음마저도 탄생이라는 것을
뼈마디로 우는 깨달음

마음 골짜기를 건너는 범종 소리
길섶 제비꽃 같은 자잘한 미소

어둠이 있으면 밝히는 불도 있듯이
어둠을 열고 날아오르는 삶
지금 탈각의 시간에 서서
너의 빛을 본다
깨달음을 본다

깨어나 돌아올 수 있다면
이 새벽 당신과 함께
다시 눈뜨게 하소서

지천명 知天命

하늘의 피카소는
北岳의 地神들을 불러 모아
천년을 두고도 변치 않을
수정처럼 해맑고
첫돌 아이 웃음처럼 곱디고운
한 폭의 수채화를 그린다.

햇살이 조금 무디어지고
배고픔이 더해가는
이때를 잡아 靑 · 紅 · 紫색
자연의 탄성은
비발디의 피아노를 울린다.

한반도의 허리 넋에
흐늘대는 소슬바람으로
기다리던 소식을 대신하고
하많은 날들을 지내고도
떨어질까 두려워하는 아픔으로
창 밖의 너희를 본다.

아!
농익은 봄이다.

간이역

바람조차 찾지 않는 화악산 마루
국화향 사라진 지 오래
흐느적대는 마지막 잎새

흔적조차 남기지 않을 양으로
부는 둥 마는 둥

맛과 향기 머금은 삶 두고
겨울 맞는 산지기

소슬바람에 묻혀온 임 소식에
눈 들어 먼 산 보자
추억을 덮는 함박눈

그나마 쉬었다 가는 인생

송별

인연이 떠난 자리엔
새싹으로 돋아난
남겨두고 가는 情

더듬어 보고
자즈려 밟아도
돌아서지 않는 風

눈길로 나누었던 사랑들이
뒤돌아보고픈
속마음에
피어난 복사 花

추억으로 농익는 春

길목

처음도 끝도 없는
시간의 흐름 속
수많은 삶이 머물고 가는
나루터

세상의 아픔을 지고
삶의 후미진 뒤안길 되돌아보며
가야 할 길목에 서서

생의 서러운 고비고비를
넘어야 하는 마음 고픈 이들의
눈물 속에 핀 물안개처럼
외로움에 지친 별을
잠재우는 여명

생의 여백

세상 밖을 떠도는 발길
출렁이는 파도 같은 삶
허공의 깊은 곳에 선을 긋고
삶과 죽음을 벗어 던지며
구름처럼 가볍게
물처럼 맑게
아득히 사라지는 물새 한 마리

길고 긴 지나온 날들이
느릿느릿 뒷모습을 감추는
삶의 여정
일상의 삶을 잠시 떠나는
쉼표의 시간

낮지만 높은 이성과
높지만 낮은 감성은
혜안의 창을 넓혀
날마다 새로운 숨결을 토하며
가만히 누워도 흐르는
고단한 영혼을 내려놓누나

공空

하루 해 비워내며 행복한 나날
점 하나마저 지워내는 삶의 자리
계절의 신호등 따라 가을이 오면
떨어지는 낙엽의 자유로움이
못내 부러워
자국 하나 남기지 않는 시간
고스란히 내려놓는 아득함

더러는 모자람이 행복인 줄 알아
소리조차 사라진 텅 빈 곳으로
빈손으로 떠나는 인생
빈 마음으로 더 크게 열리는 꿈

한 겹의 세월 지워
미련의 꼭지 다 버리니
훨훨 타오르는 이 내 마음

무소유

침묵의 무게 하나 짊어지고
무소유로 날아간 무소새
먼 산 떠도는
나를 바람이라 하네요

시간이란 바람처럼
붙들 수 없음을 알기에
나무처럼 남은
잎사귀 하나마저 놓아버리고
흙에서 자란 내 마음
흙을 향한 내 마음

나를 버리고
티 없는 정성으로
나누어나누어 주었더니
행복한 마음 하나
눈발 따라 세상의 귀를 덮고 있네요

빈 뜰

교교한 달빛 스며든 뜨락에
잠시 삶 그림자를 내려놓고
별들과 함께 구르며
내 마음을 바람에 풀어놓았지

퇴색해 가는 달빛의 여운이
새벽을 깨우면
내 방으로 고즈넉이 찾아와
사뿐히 내려앉는 아침햇살
몸과 영혼의 안식

빈 낚싯대 같은 삶이란
반기는 사람 없는 곳에 피어난
들꽃처럼
많고 많은 사람 중에
몇 사람을 만나 인사 정도 나누다
가는 것인가?

진정 그런 것인가?

빈 뜰 한 올 햇살을 물고
산새는 울고 있다

도 道

흐린 세월의 늪 헤쳐
일상의 그늘에서 잊혀졌던
삶의 진실
영혼의 창으로 세상을 본다

별은 그 빛으로 나는 나대로
초침은 의식의 종점에 멈추어 서고
여린 꿈들은 겨운 세월 곁을 흐른다.

나 위한 고뇌로
어두움을 사르고
걸음마다 깨달음 얻어
익는 기쁨 알게 하소서

헌신

그는 자기 몸을 녹여
맑은 시냇물을 만들고
그는 자기 몸을 녹여
이른 봄소식 전하고
그는 자기 몸을 녹여
버들강아지 눈 트게 하고
그는 자기 몸을 녹여
꽁꽁 언 대지를 가슴으로 품는데

나는
이 몸을 녹여
무엇을 만들까?

나에게 허락된 이 모두를
그대에게 바치우리

천지가 눈뜨고 소생하는
이 아지랑이 춤추는 오후에!

그림자

인생은 저물어 노을빛도 서러운데
멀리 사라지던 바람의 흰옷 자락
내 작은 삶의 터를 굽이 돌아 안겨든다

찰나의 의미로 겨우 존재하는 것은
사모하는 그대가 그곳에 있기 때문
너는 산이 되어 머물고
나는 겨운 삶 바람 되어 떠돈다

그리운 것 다 버리고
고독의 아픔까지도 사랑하며
구름 따라 흐르다
바람인 듯 살고 싶다

내일이 저마다 오늘보다 낫도록
흐르다 흐르다가 돌아올
내 영혼의 그림자

기도

해 돋는 아침부터 여명의 밝음 끝까지
흙처럼 진실한 삶을 살게 해 주소서

달빛보다 더 고요하고 평화롭게
온몸을 물들여
새벽 종소리 고이 받아 섬기고
신의 부름으로 진리를 보게 하소서

살아 황홀한 목숨
청렴과 검소로 버리고도 남은 생이
얼마나 넉넉하며 아름다운가를
느끼며 살게 하소서
신이 주신 것으로 족하게 하소서

인고의 세월 이겨 혹한의 동토 속에서도
어여삐 피어나는 인동초가 되게 하소서

존재하는 이 모든 것을
진정으로 사랑할 줄 아는

참다운 사람 되게 하소서

칠흑 같은 절망 속에서도
거센 물살 한가운데 우뚝 서서
조국통일의 설렘을 안고 사는
사명으로 불타는 용자가 되게 하소서

불꽃처럼 남김없이 자신을 연소하고
민족과 조국의 광영을 구현하는
조그만 심부름꾼이 되게 하소서

한 알의 씨앗이 대지의 품에 안겨
나무가 되고 열매를 맺듯이
오직 믿음 하나로 불 밝혀온 정성
찔레꽃 향내 그득한 삶 되게 하소서

님 가시리

쉼 없이 밀려오는 고통
적막을 깨는 거친 숨결
애절한 삶의 소리
총명하시던 눈빛 속으로
스쳐가는 그윽한 미소
젖어드는 이 마음

조여든 내 심장의 박동으로
야위어만 가는 가슴
스러져가는 혼불을 되밝혀 보네

"경민 원경 엄마 사랑하고
동기간에 우애하며
조국 위해 큰 일하라"는
말씀 남기시고 서둘러 가시는 발걸음
초침을 붙들어 멈추려 하지만
핏기 없는 차디찬 잿빛 풍경
인고의 아픔을 털며
생과 사의 갈림길 들어서네

그대여!
나의 길 나의 생명 그대 안에 있음에
눈부신 빛으로 새롭게 깨어나서
당신의 성령으로 이 밤을 밝히소서.

어머니

칠흑처럼 어두운 밤에
북극성 되어 이끌어 주시던
눈 아린 추억 편에 선 어머니

속내에 켜켜이 쌓여 있던
그리움이 더 깊어지는 슬픈 밤
먼 하늘에 당신의 혼백을 뿌려 논
별들이 나를 깨웁니다

저 별들을 다 셀 수 있을 때까지
당신의 이름을 부르며
밤이슬 지새워 밟고 서서
내 영혼 불태워
별 하나 하나에
님의 사랑을 새깁니다.

산자의 아픔을 흔드는 풍경 소리
가냘픈 별빛을 타고
내 마음 깊이 스며들면

산은 가슴을 열어
생의 한 모퉁이를 돌아온
추억을 눈물로 껴안습니다.

5부
조국의 푸른 아침

겨레여 조국이여

조국은 아직도 신음 중
불면의 세월 속에 잠 못 드는 이 산하

날개를 활짝 펴는 밝은 누리 겨레여
온몸으로 조국을 감싸고
불보다 뜨거운 민족의 피
칠천만 겨레도 삼천리 강산도 울었다

넉넉한 산하의 겸허
기적을 다시 꿈꾸는 한강은
언제까지나 잠들지 못하리라
오천년 더운 심장을 뛰게 하소서
그대여!

온갖 어둠과 더러움 벗어던지고
눈부신 빛으로 새롭게 태어나서
풀꽃 향기로 피어나소서

그대 발 아래 겨레의 꿈 펼쳐드리오니
고이 밟으소서
내 꿈을 밟고 가는 님이여!

대~한 민국

우리는 한 몸으로 만났다.
광화문에서, 시청에서,
대전에서, 그리고 광주에서
온 국민이 한 마음으로 모였다.

우리는 민족혼으로 외쳤다.
안방에서, 길거리에서,
이웃 주점에서, 그리고 축구장에서
대~한민국 대~한민국

우리는 몸으로 말하고
전설 속 붉은 악마 되어 기쁨을 나누었다
손뼉치며 응원했다 따딱 딱 딱딱

너와 내가 따로 없었다
미움도 아픔도 떨쳐버렸다.

그저 사랑하고 모두가 우리 되어
부둥켜안으면서

한반도 발 월드컵 소식을
온 세상에 전하고 싶었다

대~한인의 긍지로 하늘 향한 자부심으로
그동안 잊었던 혼을 두 손 뻗어 외쳐 본다.
대~한민국! 대~한민국!

장군도 將軍道

늘푸른 군인정신으로
항상 공명정대하고
안일한 불의의 길보다
험난한 정의의 길을 택하는
충성심이 그득한 勇將되게 하소서.

전우를 진심으로 사랑하고
부하를 먼저 배려하며
인격을 존중하고
모든 책임은 스스로 지는
정과 의리를 중시하는 德將되게 하소서.

묵묵히 軍道를 닦으며
깊이 사색하고
미래를 예견하며 준비하는
성실한 智將되게 하소서

고결한 품성과 인격을 갖추어
명예를 소중히 하고

멸사봉공의 자세로
위국헌신하는 賢將되게 하소서.

스스로를 태워 어둠을 밝혀
군 발전을 주도하고
국가발전과 평화통일에 기여하는
소금 같은 인생
촛불 같은 삶을 사는
名將이 되게 하소서

전우

조국의 부름 받은
전우의 눈길 머문 곳
숨을 거둔 바로 그곳에서
한 송이 이름 없는 들꽃이
아름다운 전우의 향기 되어
향긋한 솔바람으로
피어나고 있습니다

삶과 죽음으로 통하는 여로에서
오직 조국을 위해
오직 내 나라를 지키기 위해
연꽃잎으로 곱게 타다가
어느 별 되어 떠난 전우

저 별들을 다 셀 수 있을 때까지
그대 이름을 부르며
별 하나 하나에
전우의 이름을 새겨봅니다.

우리 그때 그곳에서
함께 할 수 있다면
그대의 늘푸른 영혼에서
피어난 열정으로
조국의 하늘을
뜨겁게 달구고 싶습니다.

님의 발자국

당신은 근원을 알 수 없는
시간이 이끄는 신비의 베일 속에서
고요보다 더 깊은 발걸음으로
우리에게 다가오고 있습니다

당신은 오래고 아주 먼 나의 기다림
청자빛 솔바람처럼 묻어오는 품격
지극히 낮은 자로
섬기는 자의 반열에 서서
고요한 발짓으로
맑고 밝은 세상을 깨우고 있습니다

사알짝 산들바람 타고 오실 것 같은
온 겨레의 염원인 님이시여
지금 어디쯤 오고 있습니까

나의 길 나의 생명
그대 안에 있음에
잎새 잎새마다

그대 숨결 새기시어
기다림의 순간들마저
행복이었음을 느끼게 하소서

고향의 전설

세월을 에돌아 그 자리에 서 보면
그대로 본디 그대로 살아 있는 고향 땅
우리 꿈이 날개를 펴던 마을 철길로
돌아갈 수 없는 날의 문을 열면
울음이 삶이었던 지난날의 흔적들
하늘에서 쏟아져 내려오고

역사가 휩쓸고 간 아픈 그림자와
꼬깃꼬깃 챙겨둔 애달픈 추억을 이고
이끼 낀 돌담 위에 곱게 선 초가을

눈빛 익은 냇물소리
돌돌거리는 마을 어귀
너의 푸른 꿈에 잠겨
박처럼 아득히 열린 농부의 마음
온통 사랑의 씨밭

가슴을 열어 놓은 빈자리에
내 모습 그대로 피어나듯

그렇게 소중히 깨어나는
전설처럼 얽힌 추억

그대 환상 속에 들려오는
애달픈 노랫소리

고향 하늘

순록 백설

하느님의 조화로
뒤엉킨 봄

사월 스무 이렛날

아서라!
눈 감고 보자

그리워 아니 그리워

매봉 중마루에 매달린
시리도록 푸른 고향 하늘
또 어디서 이고 살으리!

등불

노을 구름 비껴 뜬 하늘
밝게 타오르는 모닥불처럼
피어나는 차 향기

뜰 앞에 서면
마음 누일 달빛 그리워
감추어 둔 외로움 들춰
영혼을 밝히는 너

너는 작은 소망으로
나의 길 밝혀 주고
하나의 진실한 사랑을 위해
쉼 없이 타올라
생명은 그 끝을 다하리

돌담

시리도록 맑은 물
돌아가는 곳
모두가 떠나도
늘 그 자리에 서 있는
그대

소나무 사이로 흐르는 세월
무너진 틈새를 엿보는 달빛
그 틈에 얼굴 묻고 혼자 우는
귀뚜리 소리로 밝혀오는 가을밤
그리움이 물드는 늘 푸른 내음

설레는 가슴으로
떨리는 가슴으로
아픈 가슴으로
너를 만난다

절실한 바람으로
앞서간 그들의 영혼까지
만나기 위해

초가집

박꽃이 유난히 고운 초저녁
달빛 서러움에 문풍지는 따라 울고
그리움이란 잔영만 남겨둔 채
관념의 토담을 허물고
빈집을 감도는 적막에 몸을 주네

밤 깊으면 별들도 마실 오는 초가집
기다리는 마음들이 잠들지 않은 밤
깊고 긴 사랑을
오래도록 나누었던 보금자리

동네 꼬마들의 함성으로 자욱해지면
솔가지 연기가 그리움으로
몸부림을 치네요

툇마루

내 뜰 안에 별받이 한 구석
햇살이 쏟아져 내리며
매화 향기 부추겨
빈집 가득히 봄이 익던 날
작은 창 내려 걸고
촛불로 밝힌 저녁

눈 익은 초생달 하나
아랫마을에 띄우면
그 빛은 호수처럼 밀려와
툇마루에 고요히 걸터 앉습니다

뜰 안에 속살 향기 그득 채워
삶의 깊이로 번져 가는 토방 위에
산들바람이 하루를 풀어놓으면
별빛도 내려앉아
생의 길을 속삭이고 있습니다

굴렁쇠

너는 길이길이 흐르는
푸른 강물처럼
생의 한 모퉁이를 돌아
기억의 어두운 편린 속에서
꺼낼 수 없는 추억들을 돌려
흘러가는 시간을 거역하는 인생

잔잔한 몸짓 하나까지도
아픔이면 아픔인 채로
세월에 떠밀려
바람처럼 구름처럼 떠돌며
애처로운 혼불을 끌어안고
위태하게 구르는 삶

하늘은 끝 간 데 없이 푸르른데
너는 세월을 뒤집고
온몸으로 출렁이네

강강수월래

물소리 청아한 달빛이
추녀 밑에 쌓이면
정화수 한 대접으로 빌어보는 밤

혼의 내음새, 영의 날갯소리
비인 마음 안에 천지를 가득 품고
끝없이 이어지는 역사의 물줄기
끊기며 이어지는 인연
해맑은 너의 선율
바라는 날을 두고
가쁜 숨을 몰아쉰다

산 넘어 가는 그대여
하늘 땅 교접하고야 몸을 푸는 산하여
얼과 넋을 태워 재 되어 날리우리

별빛보다 밝고
호수보다 맑은 마음으로
그대를 맞으면

너그러운 밤바다는
그들의 은밀한 몸짓을
가슴으로 쓸어안는다

강강수월래
강강수월래

영웅

그는
사라호 태풍 속에서도
섣달의 엄동설한에도
하늘 향해
고개 내미는
억새풀이었다.

그는 끊임없는 박해 속에서도
온갖 짓밟힘에도
질퍼덕한 마음으로
뿌릴 내릴 줄 아는
질경이였다.

그래서
우린 고되고 힘이 들 땐
그를 기다리곤 했지

빛나는 정신으로
온다고 약속했던
꿈속의 영웅을!

다시 하나 되어 세계로

나는 오늘 아름다운 모토 하나를
발견하곤 사시나무처럼 떨었습니다.

"다시 하나 되어 세계로"

때 : 2002년 9월 18일, 바야흐로 11시
곳 : 경순왕의 망국한이 그득한 도라산역 통문 앞
통문번호 : 2085와 2086사이 제2통문

바로 그때 그 속 그 문 앞에서
우리는 하나 되는
너와 나를 보았습니다.
세계로 웅비하는 민족의 기상을 느꼈습니다.

일제강점이란 망국의 한을 딛고
남북분단의 아픔과
민족상잔의 고통을 이겨내어
다시 하나 되는 우리를 보았습니다.

이젠 세계로 우주로 나가야 할
"때"가 왔습니다.

벌써 2002년 9월 18일,
열두 시가 되었습니다.

통일의 기수

갈라진 조국에 칼바람이 분다.

숨죽이는 소식에
반토막을 달리던
경의선 열차는 멈추어 섰다.

실향민의 그리움은
고드름으로 피어나고
삭풍보다 긴박한 북핵 뉴스는
癸未年의 벽두를 뒤흔들고 있다.

양처럼 하얀 마음에
드리워진 어두움
숨가쁘게 타전되는
"럼스펠드"의 그림자

반만년을 지켜온
선인들의 지혜로
논두렁 되어 버린

평화의 길을 찾아
통일의 기수는
온종일
끙끙대고 있다.

당신과 함께 가는 길

당신이 서 있는 곳에
나도 오늘 자리하고 있습니다.

한숨과 분노로, 때론 희망으로
우리 기다리던 이곳에서
두 손 모아 기도하고 있습니다.

당신의 환한 미소가
내 몸의 환희로 빛나고 있습니다.

당신의 뜨거운 심장은
내 몸의 희망으로 솟구치고 있습니다.

수확을 재촉하는 푸른 가을 하늘은
내 마음속 그리움으로 피어나서
꼬옥 껴안은 우리 되어
바로 이곳에 서 있습니다.

반세기 동안

굳게 닫혔던 도라산 철책 통문이
드디어 열리고 있습니다.

평화의 길이 열리고 있습니다.
통일의 길이 열리고 있습니다.